U0744639

余秀玲——著

拾翠集

SHI

CUI

JI

黄河出版传媒集团
阳光出版社

图书在版编目（CIP）数据

　　拾翠集 / 余秀玲著. -- 银川：阳光出版社,
2023.7
　　ISBN 978-7-5525-6868-4

　　Ⅰ.①拾… Ⅱ.①余… Ⅲ.①诗词 - 作品集 - 中国 -
当代 Ⅳ.①I227

中国国家版本馆CIP数据核字(2023)第130103号

拾翠集　　　　　　　　　　　　　　　　余秀玲 著

责任编辑　陈建琼
封面设计　晨　皓
责任印制　岳建宁

黄河出版传媒集团
阳　光　出　版　社　出版发行

出 版 人　薛文斌
地　　址　宁夏银川市北京东路139号出版大厦（750001）
网　　址　http：//www.ygchbs.com
网上书店　http：//shop129132959.taobao.com
电子信箱　yangguangchubanshe@163.com
邮购电话　0951-5047283
经　　销　全国新华书店
印刷装订　山东新华印务有限公司
印刷委托书号　（宁）0026635

开　　本　787 mm×1092 mm　1/32
印　　张　6.25
字　　数　120千字
版　　次　2023年11月第1版
印　　次　2023年11月第1次印刷
书　　号　ISBN 978-7-5525-6868-4
定　　价　58.00元

版权所有　翻印必究

自序　追梦远方

　　我今生记忆最深的一条路，是从家乡的一个小村庄通往乡村中学的路。这是西北最寻常的一条路，盐碱混杂着沙土，季节变幻着风景，见证了一个少年的成长。早晨初升的一轮红日，晚上最后一道晚霞，是路上最美的风景，这是我当时能够看得见的唯一通向远方的路。

　　二十世纪八十年代，改革大潮改变着每个人的命运，读书是那代人通向未来的一条光明大道。对于一个生长在农村的女孩子来说，读书同样也改变着我的命运。记得当时读《红楼梦》，经常碰到难懂的文言文，就跳过去接着读，囫囵吞枣地汲取着书中的养分。那是一个什么都缺乏的年代，读书主要靠借，因于担心主人催要，于是读书经常不吃饭、不睡觉，喜欢的书还要"手抄"下来。我与古诗词结缘来自一本《新编唐诗三百首》，中考结束后，我把这本借来的书仔细"抄读"了一遍。

大学毕业后，我从事基层行政工作长达十六年，诗和远方似乎遥不可及。工作之余，我选择了与文字相伴，工作在我的笔下形成了一篇篇议政材料。文以载道，诗以言志。正是对文字的执着，才为我后来的创作奠定了坚实的基础。

王国维曾经提出诗词的"三重境界"，说的正是诗人们所追求的创作"意境"。从少年行至中年，我将旅途中所经历的风景沉淀入作品中，这似乎是对远方之梦的追逐。《洛神赋》有云："或采明珠，或拾翠羽。"愿读者随着这本《拾翠集》，采撷远方属于自己的最美风景。

是为序。

2023年金秋于阅海

目　录

景物·明镜开时一碍无

绝　句

律　诗

词　曲

言志·文章傲骨沧桑酿

绝　句

律 诗

词　曲

怀古 · 不负桑田埋旧名

绝　句

律　诗

词　曲

咏物·放眼青山境自高

绝　句

律　诗

乡愁·似问客心归不归

绝　句

附录·诗家点评

后　记

景　物

明镜开时一碍无

银川蓝

谁借东风力，天开碧海窗。

春潮生万象，雀鸟引新腔。

早　春

袅袅东风至，盈盈碧水开。

谁家春意早，新燕唤人来。

贺兰山东麓云山采砂区生态修复

贺兰山下春风路，桃李参差铺绿纱。

不敢高声仙果讨，恐惊天上主人家。

宁夏固原夜宿闻鸟鸣

谁奏笙歌夜半闻，窗前恼煞梦游人。

天书一幅山中画，绿染层林鸟啭晨。

群峰竞秀（题画诗）

云绕群峰天际流，青松覆岭绿盈畴。

一壶飞瀑携春出，早有东风唤客留。

泸州尧坝古镇印象

撩起江南一缕纱，巴山深处有人家。

欲铺纸笔桃源画，恐扰秋风惊落花。

沙　湖

昔日楼兰迷古今，黄沙几缕万千寻。

瑶池玉女何须怨，一水连山弄好音。

贺兰夕照

凌空驭马三千里，一啸长天九万重。

不见当年烽火色，赤霞迤逦走蟠龙。

贺兰山初春

鸟啭贺兰春梦醒，东君策马玉峰开。

岚烟渐暖层林润，云里潮音唤雨来。

水上公园有寄

二月琼花戏柳苏，寒烟碧水漫冰壶。

云中青鸟殷勤语，唤取春姑布画图。

阅海早春

一行燕子倾天出，水接亭台云影浮。

独爱平湖春日早，清寒零落弄花愁。

秦岭康峪（题画诗）

群峰隐隐近乡邻，闻道桃源心自亲。

且向南山赊美酒，清流捧出一壶春。

早春感怀

薄暮轻烟笼四野，鹅黄垂柳立桥头。

盈盈一水村姑笑，招手春风步履留。

稻渔空间

塞外蒹葭摆绿裙，乡村稻蟹裹香衾。

万家烟火嫦娥引，悔做月宫天上人。

风后贺兰雪霁

一夜朔风吹贺兰，天边驳马跃晴川。

逶迤西岭苍穹走，疑是城中住雪仙。

初春溪边独坐

独坐溪边天籁享，青枝柳眼送春波。

东风昨夜冰花剪，数盏流光开口歌。

辛丑年二月观黄河

二月黄龙卷土来，春潮有汛破冰开。

豪情涌起千层浪，欲把桑田绿梦裁。

贵州青岩古镇

客近苗家生竹烟，绿苔青瓦柳林眠。

蜿蜒路入青峰去，疑是云开一线天。

南长滩梨花（二首）

一

春风爬上贺兰山，莫扰梨花一夜眠。

明日桃源谁入镜，水流香雪戏游船。

二

春巡山坳待佳时，碧叶簪花何故迟。

簌簌衣巾天籁下，风拈香雪一行诗。

滚钟口采风（三首）

一

天边青石卧苍云，岭上清泉戏早春。
野谷桃花犹睡醒，风迷醉眼问来人。

二

客入山门翠染衣，清风步履叩心扉。
登高坐看云烟起，何处钟声送鸟归。

三

青峰遥看近相亲，野壑松风步履巡。
世外桃花开不尽，蜿蜒石径引芳尘。

元旦阅海观日落

坐看西风闻雁飞，湖波云影动斜晖。

擎天一点心如豆，种在青山魂不归。

青铜峡大坝

塞外长河雪域来，黑山^①点将石门开。

青铜砺剑春光引，疑是九天神女裁。

---

① 黑山：指黄河黑山峡，起于甘肃靖远，终于宁夏中卫。

惜　春

东君折柳忆华年，一水晴光揽翠烟。

犹恋桃花魂不死，落红满地与春眠。

观阅海水上公园有感

巍巍宝塔锁乾坤，水榭亭台草木深。

疑是瑶池天上客，一枝红杏笑开门。

水上公园雪后初晴

信步平湖赏雪晴，廊桥照影水无声。
何人擂鼓冰前过，风动春光隔岸听。

郊外幽林

误入乡村有洞天，幽林野径枕花眠。
春深几许风来探，赊得清香莫问钱。

中卫南长滩村（二首）

一

大浪奔流九道弯，穿山越岭入平川。

一壶风月苍穹泻，载得渔家万里船。

二

接天波浪彩云追，点点梨花作雪飞。

风动沙钟惊月醒，香山^①古渡有人归。

---

① 香山：指宁夏中卫市香山。

银川四二干沟治理水环境有感

贺兰东麓引沧浪，夏木殷勤绿影长，

误把江南风景认，飞鸿驻足照新妆。

观银川阅海

迤逦清波步履轻，寒烟曼舞戏飞鸿。

凭栏过客流连意，一日春光韵不同。

典农河夏日漫步

繁花迷恋夕阳魂，十里荷风涤俗尘。

一水晴光流不尽，琼楼邀月月邀人。

水边散步随感

清溪迤逦入平畴，携手繁花访旧游。

醮得秋光明月水，拈成心字弄风流。

青铜峡金沙湾（三首）

一

贺兰牛首①遥相望，臂挽长河九道弯。

滚滚黄沙酬岁月，一川风景焕青颜。

二

金沙湾里觅仙踪，留影三千不觉空。

七彩花篮妆盛世，人间神话在其中。

---

① 牛首：指牛首山，在宁夏青铜峡市境内。

三

大河塞外几回眸，淘尽黄沙化碧流。

草染花香斟入酒，尽邀明月对轻愁。

初春一瞥

三月桃花入梦河，青枝柳眼醉婆娑。

翻飞水鸟春波送，摇曳晴光绿一蓑。

贺兰拂晓

冉冉青阳照贺兰，霞光水影舞轻寒。

风中一串笛音过，鸟自天边衔月还。

塞上初冬

瑟瑟荻花摇朔风，半池碧水半池冰。

寒鸭几点留冬晓，早报春回第一声。

探　春

碧柳抚风青鸟回，春潮次第雨声催。

云河几朵天边挂，采片花笺携手归。

塞上春

日暖风柔四野青，小园杨柳正娉娉。

贪欢误入桃花坞，燕啭莺啼流画屏。

镇北堡向阳花海

贺兰山下有人家，塞北新村一陇花。

朵朵红心争日月，漫坡笑靥涨秋华。

北塔湖

湖光金甲眼中收，十里烟波涂画楼。

塔影清风邀欲舞，白云天外步悠悠。

夏日鸟鸣

湖边夏木啭清音，信口柳笛拨素琴。

欲享清欢天籁近，幽篁学作忘机人。

夏日雨后莲花

雨落情丝花落愁，烟波摇曳动清秋。

谁家女子青篷坐，采个风儿笑靥羞。

塞上春景

塞外岭头舒绿袖，青山脚下牧羊归。

春风唤醒西桥柳，落日流云踏梦回。

深　秋

绿草蘸黄涂满秋，芦花丛里野鸭游。

青屏一枕摇波影，落日晚山相对愁。

苏州七里山塘

古镇山塘画里行，拱桥摇橹小舟轻。

苏州河畔吴音媚，水墨江南翦翦风。

鹤泉湖

碧水红莲出阁女，盈盈合掌许秋波。

清风白鹤翩翩舞，漫步银河故事多。

彭阳山花节遇雪

山城天愈冷，雪岭树犹新。

我赴桃花宴，君封玉女神。

飘飘仙袂下，隐隐暗香频。

谁解清风意，狂书满眼春。

踏　雪

簌簌闻声语，翩翩玉蝶开。

仙山遥指路，云树独登台。

风里迷踪影，壶中济世才。

长天书万卷，足下采诗来。

"十一"大雾自银川至石嘴山走笔

地蒸云梦醒，树遁半山空。

一派尘烟醉，千顷沃野朦。

驱车登石嘴，抚韵占高风。

露共兼葭白，悠悠出塞鸿。

秦岭沣峪（题画诗）

河岸雎鸠走，秦川引雅音。

九龙盘古道，孤寺卧层林。

登顶千峰险，凌云一壑深。

山翁邀客至，涤尽满尘襟。

中卫南长滩有寄（二首）

一

客路香山下，行舟黄水边。
梨园花影动，草径雪泥粘。
怀古追足印，采诗琢玉篇。
今朝何所得，我欲载春还。

二

十里春风醉，飘飘何所思。
盘桓山脚矮，缱绻岫云迟。
雪砌乡村寨，香销梨盏饴。
耳边东逝水，汩汩未闻悲。

贺兰山东麓云山路采风

塞上春风度，云山桃李开。

松高天路近，草浅石坑隈。

欲结青纱帐，还邀紫玉杯。

狂歌当一醉，北地^①酿新醅。

银川花博园赏桃花

杨柳初开眼，山桃插满头。

闻香迷野径，照影乱清眸。

时令分晴雨，风云报喜忧。

满园皆豆蔻，脉脉自含羞。

---

① 北地：中国古代在西北设北地郡，包括宁夏一带。

惊蛰观阅海

长虹迎客接天都，雪岭逶迤入画图。

云海奔腾神马下，草蛇蛰伏野泥苏。

惊雷响处千家暖，明镜开时一碍无。

偷得春心描日月，晴川新绿满城沽。

西夏风情园赏雪

疑是霜风引胡沙，凌寒银甲护人家。

苑中仙子瑶池住，画里楼台醉影斜。

聚散流云开世眼，枯荣落木孕春华。

隔窗寻景皆心景，莫道青天不种花。

绿色罗山

昨夜清风岭上歌，天公擂鼓令飞梭。

疏篱沙锁苍龙卧，翠壁梯修青石磨。

雨润松林新叶抖，足登仙路湿云呵。

结庐游雾山中趣，采入行囊梦一箩。

固原云雾山

车行路转近山乡，云落大塬天地张。

采雨东篱亲五柳，探花西岭问崔郎。

眼前几斗春风醉，雾里千层翠袖长。

何故流音吹不绝，林中青鸟弄清凉。

六盘山野荷谷

六盘石径半空濛，荷谷参差牵绿风。
梅点珍珠传雨信，蝶迷浅草戏花丛。
山深打坐观音佛，日暮流连白首翁。
云卷天书无谜底，一番清韵任葱茏。

癸卯三月过志辉源石酒庄

轻车小叩山中苑，二八佳人迎客来。
老窖桶装沽酒市，东篱尘扫上楼台。
沉香暗涌心花动，素手殷勤藤木栽。
且放东风淘几日，桃源漫步向春开。

立兰酒庄

谁起长廊天际收，当空揽翠卧沙洲。

蒲桃藤挂千层果，橡木桶装一岁秋。

摇曳春风来入梦，参差玉露醉吟眸。

三生石上赤霞酿，指点江山酹酒喉。

塞上春景

兰山陇底彩云飞，九曲黄河至此回。

马踏青峰千里卧，燕衔红日两行归。

湖光水影云舒袖，柳色春烟鸟画眉。

最是斜风吹细雨，行吟塞上莫相违。

水韵湖城

八月湖城碧水连，红霞留影笑晴川。

惊鸭戏草珠帘落，飞燕衔泥柳岸还。

九曲廊桥穿夏韵，几丛荷叶卧云端。

人间一梦桃源景，怎比银河不夜天。

过茅山

石径幽幽通古洞，摩崖老子坐乾坤。

玉晨问道青松寂，福地闻泉翠鸟吟。

云起九峰呼雨露，水穿万壑洗尘心。

偷藏春色深山内，锁住东君不老魂。

扬州行

客过扬州风景秀，烟花遥望起红云。

南窗忽入多情雨，西寺恰闻钟磬音。

点点竹枝催画笔，悠悠水韵诉清魂。

今当骑鹤游天下，再借三分明月心。

阅海听鸟

漫步桃源天籁寻，湖城碧水引清音。

彤云遮日携微雨，斜照穿林拨素琴。

独坐幽篁思远梦，常游故地动高吟。

晴川历历乡关下，青鸟殷勤表寸心。

己亥年夏游银川花博园

平湖柔水戏残阳，碧草连天迷远方。
塞外红莲塘里秀，江南吴韵苑中藏。
凌波飞鸟惊云阙，停步游人疑故乡。
莫误流年欢娱少，一壶明月引千觞。

黄河湿地公园

青山脚下沧浪水，几道溪云绕日边。
北望秋风吹劲草，南翔鸿雁入长天。
玉虹展翅银河跃，铁马穿林碧海连。
十万涛声千古唱，人间岁月理情弦。

黄果树瀑布

苗寨盛情邀远客，一壶瀑布笑山巅。
水穿石洞青蛇舞，花嵌松林紫玉环。
啼鸟腾云呼雨露，流云步履向人间。
香风缕缕心头系，扯下银河挂九天。

银川花博园感怀

湖城喜降百花神，九月银川别样春。
摇曳蝴蝶枝上舞，窈窕芦雪水中吟。
金钟揖首邀新尾，红掌擎天捧爱心。
门外东风争一季，已登云脚驾轻尘。

阅海湿地公园

神凰傍水筑家园，时有清音入耳鲜。

俯瞰石桥沉画影，偷来莲蕊植心田。

兰舟撩动青衣袂，鹭鸟翻飞云海边。

谁料当年沙满地，今朝湖畔绿生烟。

登贺兰山

云雾初开万马翩，今登兰岳喜扬鞭。

群峰变幻无穷意，石径通幽可近天。

风动松涛惊宿鸟，山藏宝刹说当年。

眼前多少豪情意，拼入文章兴未然。

如梦令 · 阅海初春

　　揉碎清波烟柳，引得东风回首。信手白鸥招，对饮杏花春酒。辜负，辜负，一水韶光通透。

渔歌子 · 银西河

　　银练当空翠带飞，贺兰山下稻鱼肥。长虹跃，紫霞晖，塞鸿斜照不思归。

［中吕·红绣鞋］阅海秋色

阅海湖光十色，典农河畔婆娑，几处芦花唱情歌，玉桥飞碧水，曲苑诉清波，远山秋一蓑。

定风波·阅海夜景

久处高楼意趣无，闲来信步赏春都。 布履乘风明月赶，人散，银河辗转话沉浮。 碧水淡描天上景，犹梦，琼枝玉带系流苏。 醉洒诗行千万句，风起，流星西去觅归途。

水调歌头·阅海夜景

塞上起明月，碧水数重天。烟波谁许春梦，何事动心弦？鹭鸟相亲月下，舟舸穿梭如画，一水共缠绵。火树照仙界，阅海夜无眠。　赏楼苑，穿闹市，静听泉。时空忽转，江南塞北换人间。今日湖城续写，独领风骚谋略，圆梦六十年。见证青山下，天外看银川。

水调歌头·阅海清秋

　　缺月挂天际，旭日揽晴光。贺兰横笔泼墨，千古一文章[①]。波上兼葭簇簇，几点寒鸦争渡，疏柳醉轻狂，海市蜃楼景，缥缈水中央。　　倚栏处，追逝水，共流觞。云中燕雀，嬉笑人世太匆忙。吾许清风明月，莫负春花秋叶，蝶舞草飞霜。且枕三千水，清梦洗心窗。

[①] 千古一文章：指岳飞《满江红》名句"驾长车踏破贺兰山缺"。

言 志

文章傲骨沧桑酿

巡河有寄

遥指清波何事迷，春风十里踏新泥。

常寻烟火文章外，愿向乡间学把犁。

赠西夏区兴泾镇中石油希望小学风雨亭 [①]

园中桃李争春夏，亭外风声采雨来。

遍读晨光多少卷，小儿懵懂始全开。

---

① 风雨亭：西夏区兴泾镇中石油希望小学校园中建风雨亭，
本诗首联刻于亭子中间的木柱上。

庆祝中国共产党成立一百周年

南湖曙色独风光，水载江山一世长。

十亿锤镰开筚路，红船逐梦启新航。

也说家风

门外新榜几日红，千家炫富比朱公①。

草堂耕读由它冷，只抱书香留晚风。

---

① 朱公：陶朱公范蠡，春秋末越国大夫，帮助越王勾践灭吴
后，隐居于陶，经商成巨富。

坐索道登苏峪口

兰岳登高何惧难，白云招我上青天。

朔风号令千秋雪，万马奔腾戍塞边。

贺中华诗词论坛重建

十七年来筑梦园，楼前斑竹万家暄。

东风敲韵新开户，莫挡清流破旧藩。

夏日观西夏区全民雪合战对抗赛

红蓝列阵旌旗守，弄雪少年争胜归。

成败何须分数定，英雄莫问是前非。

寄别情
——赠西夏区委书记刘虹赴石嘴山市上任

贺兰山下复请缨，巾帼英雄不负情。

满载民心风骨在，万家烟火独倾城。

从北京饭店窗内见天安门曙光有寄

重楼迷雾破南窗，红日青天拂旦光。

一盏明灯前路指，九州举目向东方。

孟晚舟归国

一叶孤舟归梦来，家山依旧月徘徊。

红妆未卸君知否，碧海航灯为我开。

文史馆研究员化身红葱"带货员"

携手农家结燕邻，青苗培土背躬亲。

屏中带货民风采，码入文章话语真。

宁夏文史馆举办"贺兰雅集"有感

山水遥遥多少程，五湖骚客笔中行。

贺兰长啸高风起，也发诗腔慷慨声。

祭屈原

秋风曼舞离歌起，香草美人皆折腰。

独有书生真本色，汨罗绝笔写清高。

唐诗早读有感

摩诘南山隐世尘，青莲月下醉香魂。

一行诗韵开轩赏，放进唐风洗俗身。

冬奥会有记

琼花何故闹京城，地接瑶台天路通。

乡野老农圆夙愿，隔屏犹学忽还童。

虎年寄宁夏

一岁扬鞭万事先，青山虎啸立雄关。

黄龙回首千峰转，占尽高风几字弯。

诗意栖居

西窗漫剪旧时光，几度斜阳锁画堂。

素笔飞花寻梦晚，香魂化蝶入诗囊。

悼吴淮生老师

驰骋唐风耄学年，后人含泪忆从前。

遍寻笔冢碑名刻，原是淮南游子还。

悼念李进祥老师

迢迢银汉照无常，清水河边泪几行。

可叹阴阳关不住，一腔文字热天堂。

岁末感怀

经年辞去又轮回，步履徘徊日月追。

且把春风裁一朵，梅花弄雪笔花催。

祭袁隆平院士

陨落长天北斗星，楚云湘水为君倾。

稻花香染丰年梦，青史高标仓廪情。

西夏区验收诗乡有感

我有诗笺邀客来，贺兰山下马兰开。

夏风拈得千年韵，尽洒豪情一释怀。

别泸州

江阳^①美酒为谁斟，沱水依依留客心。

多少情思风弄乱，巴山草木亦知音。

听古琴有感

那年烟雨画堂深，窗外谁弹流水音。

信步春风山路指，桃花迎面问来人。

---

① 江阳：今四川泸州市。东汉西晋年间，曾在此设江阳郡。

调酒（二首）

一

千年老窖待诗家，邀得文章把酒赊。

兑入清风真况味，狂歌一醉不须嗟。

二

青花①出窖透香寒，浓淡谁知苦辣甜。

若许樽前调一味，千金散尽买清欢。

---

①青花：调酒术语。

泸州老窖酒厂

五渡①黄泥扮酒神，巴山竹雨醉人魂。

一吟骚句杯长举，笔下江阳老窖温。

咏贺兰山东麓葡萄酒长廊

贺兰山下起长廊，酒染花笺诗染香。

欲揽清风相对饮，莫输纸上好春光。

---

① 五渡：泸州市江阳区的五渡溪，以优质的白酒窖泥出名。

清明感怀

昨夜东风弄柳笛，桃红一树典春衣。

梨花点点清明雨，燕子归来枝上啼。

家燕归来

春到满园桃李花，一群归燕上枝丫。

旧时巢屋今何在，林立高楼难筑家。

听　海

举起乾坤混沌开，风推巨浪踏龙来。
涛声响彻云天路，万马齐吟不复哀。

诗　人

字字珠玑热血沾，三千白发向诗添。
心中一幅家山景，写尽风骚说苦甜。

听《可可托海牧羊人》歌曲有感

花谢花飞欲断肠，痴心一寸海天量。

世间多少营营客，偏拿真情论短长。

兰草社

兰亭泼墨草香闻，流水汤汤送雅音。

祝酒宫商邀客饮，新词醉写梦中人。

咏三沙源

青波一望醉无由，七道飞桥谁运筹。
种下荒沙千万绿，满园清气亮春喉。

花　祭

——悼友人

芳菲散尽悠悠梦，一瓣春心度世人。
莫问生前身后事，诗书半页祭香魂。

西夏古城银杏黄

蓬莱嘉客至，秋日羽衣黄。

愿得千家伞，今遮万世凉。

凭心修善果，俯首正高堂。

不负清风润，三生入栋梁。

凤城陶然水岸诗友相聚有寄

客至陶然岸，相逢一岁秋。

开轩斟玉露，把酒趁风流。

已念江湖远，同吟家国愁。

今朝归去日，挥手意难休。

步韵沈华维老师
《与西夏区诸诗友小聚归后》

一介书生拙，诗门未走红。

青春沉宦海，皓首染唐风。

小字樽前酌，浮名心底空。

开轩迎客至，把酒悟穷通。

泸州国际诗酒文化大会

客至江阳访古城，千年约定话今生。

金樽一笑邀知己，老窖频开念故情。

解尽愁肠天下酒，拈来心字笔中声。

文章傲骨沧桑酿，借得疏狂不负名。

赴京参加民革十四大抒怀

旭日推开赤色天，百花邀舞唤人前。

凌空雁入苍穹阔，报国胸怀赤子贤。

谁挽大风兴夙梦，月飞银海载神船。

五千青史翻新卷，吾辈当耕父老田。

贺牛海涛诗友赴黔读博

与君同作少年游，指点江山莫问愁。

塞外夏风兴雅韵，胶东学子入清流。

拈来烟火文章厚，种下桃源岁月悠。

更有黔西铺画卷，雄关漫道写春秋。

银川市"城市治理与文明"读书沙龙

典农^①足迹土中埋，绝代风华滚滚来。

紫塞烽烟沉复起，黄沙古渡断曾开。

凌空结庐新城立，跨海通商金带裁。

一鉴方塘心路觅，清明大道引群才。

悼金庸

如椽彩笔绘江湖，侠骨丹心入画图。

论剑华山知五绝，射雕大漠斩千夫。

桃花岛上箫声远，蝴蝶谷中赢影无。

一世红尘今逝去，阎君邀汝醉屠苏。

---

① 典农：指北典农城，西汉汉武帝时期修筑的古城，今银
  川市的雏形。

参加 2022 年银川市党校
春季主体班有感

东风昨夜弄清音，谁在高楼新绿寻。

头顶参星天幕照，耳边潮水梦中吟。

隔窗杨柳开青眼，闻道书生学子衿。

拨去浮云晴日见，一腔正气写胸襟。

银川市党校学习结业有寄

与子同窗别有寄，明朝归位德能修。

常思箪食皆民苦，莫枕高堂忘国忧。

心向乡村铺稼穑，脚沾泥土写春秋。

长河滚滚铿锵步，携手清风作学游。

观北京饭店书画展

百年一梦筑红楼，步履沧桑画影留。

海外乡音传盛事，京都烟火醉新眸。

登堂但结邻邦好，对酒当思黎庶忧。

邀得东风三万里，长街设宴壮诗喉。

步韵包老师《写在壬寅年腊月初五感慨》

平生潦倒久怀歌，锦绣文章吟几何。

婉约清风谁与共，空灵境界未曾多。

圈中频晒头三甲，足下难追岁一梭。

笑尔晨昏痴又傻，世间万事更须磨。

大地公司无名湖有寄

金石推开水底天，云翻巨浪破冰船。

长虹逐梦双轮载，碧链当空一网牵。

风写誓言铺画卷，川行大道纳群贤。

名标榜上千千万，敢立潮头谁领先。

步韵包老师《有感众诗友以诗答之》

远方寻梦寄无凭，诗海扬帆苦作朋。

风雨声闻天下事，人生路探夜明灯。

纵添白发三千缕，更上高楼又一层。

名利场中泥里滚，常修衣钵正心能。

步韵包老师《写在 2021 年腊月初五》

呼兰水畔雪冰清，飞入番禺①户牖明。

敲指宫商天籁下，登坛桃李柳阴成。

江湖羞对远方境，市井空追咫尺名。

躬种一抔芳草地，好闻风雨读书声。

诗词进校园有感

开轩吟罢客相逢，稚子摇头扮老翁。

墨笔才书长短句，校园新染汉唐风。

韵飞西夏诗乡启，梦系青山国学崇。

塞外登坛桃李孕，悠悠不尽古今情。

---

① 番禺：今广州市，秦统一岭南后，在此筑番禺城。

西夏区创建诗乡有感

兰山嘉木撷群英，塞外青衿大道行。

岁月飞花吟盛世，文章有骨立身名。

三千桃李春华发，一片丹心硕果成。

拟把诗魂乡土种，唐风宋韵好躬耕。

自治区成立 60 周年有感

花逢喜事点腮红，六秩芳华乘好风。

月近中秋圆夙梦，车穿阅海指航程。

赏菊把酒今宵醉，览胜抒怀盛世兴。

塞上江南别样女，家园巧饰果篮成。

观电影《红高粱》有感

十八坡上女儿魂，花轿徘徊月亮门。
一曲酒神驱鬼魅，满怀豪气照丹心。
青纱帐里狼烟起，黄土塬中血雨纷。
霜染高粱红似火，已教屏下泪沾巾。

参观泸州老窖 1573 酒厂

老窖深深有洞天，龙泉井里石龟眠。
穿帘香气尘心洗，入酒黄泥韵味鲜。
陀水流觞邀雅客，巴山煮雨论诗篇。
今朝醉洒三千句，定是轻狂模样还。

吊庄移民行（古风）

　　1982 年，宁夏泾源县首次组织移民在银川市西夏区南部开荒，被称为吊庄，目前吊庄从一个荒凉的移民点发展成为崭新的小镇——兴泾镇。

山里农家山外梦，辞别故土垦荒人。

沙飞旷野西风烈，霜锁南墙户不温。

豆种芦洼挥汗雨，禾香黄土自酬勤。

康庄小院心花放，淘宝平台政策新。

易网连通天上线，融资兜底好光阴。

牛场鼓起家家袋，丝路敲开户户门。

一缕乡愁青史写，黄河有梦拔穷根。

青山绿水今朝换，塞上江南又一村。

蝶恋花·自嘲

　　世事苍茫休弄巧，但问初衷，常惹千般恼，解我愁肠何种药？梦琢小字痴人笑。　　莫负樽前风月老，掌上年华，酒里恩仇了，莫怨风光春占早，行吟却道秋风好。

定风波·春日自嘲

　　陌上香风细雨轻，桃花人面笑相迎，紫燕登枝邀旧友，回首，绿杨烟外暮云生。　　愿买千金春不老，休恼，落花风雨夜阑听。小字难书真旷逸。欢喜，江湖放浪总关情。

蝶恋花 · 暮春怀人

日落黄昏风不住，燕子归时，杨柳纤纤舞，漫剪春光残笔赋，天涯望断长亭路。　　谁替人间悲喜诉？命里阴阳，错把红颜妒，满纸相思终化土，他年梦里春行处。

鹧鸪天 · 醉秋

醉在深秋已忘年，有情未必藕丝缠。淡茶静品江湖远，浊酒激扬岁月帆。　　霜雨急，晓风寒。芒鞋踏破亦欣然。书山琢字滴滴血，写入初心一梦甜。

鹧鸪天·电影《牧马人》感怀

西塞山前天幕垂，晴川牧马彩云追。胡琴弦抹思乡切，马奶香飘唤子归。　愁无绪，梦还催，萋萋芳草莫徘徊。此生化作天涯路，踏遍青山誓不回。

西江月·夜观水上公园

水上华灯点点，天街火树银花。西湖宝镜挽轻纱，散淡秋风弄画。　昔日贺兰牧马，烟云生处人家。年年楼月笑枝丫，可懂世间春夏。

望海潮 · 黄河金岸
——献给自治区成立 60 周年

　　贺兰山麓，青铜峡口，黄河浩浩奔流。兴庆厉兵，唐徕引水，西桥柳笛悠悠。塞上凤凰留，湖城领头雁。今日灵州，鱼米粮仓，稻花香里乐丰收。　滨河大道新修，引荷风送爽，碧水翔鸥。圆梦小康，移民幸福，乡村拔地高楼。白浪绘金秋，水抱千家月。谁在潮头，倾尽金樽美酒，山水共绸缪。

过盐池哈巴湖胡杨林

十月梳妆，万里流香。任秋风，漫剪霓裳。飞鸿掠水，幽梦胡杨。看云烟淡，炊烟袅，翠烟黄。　　沙坡芨草，布阵边防。守家园，步履沧桑。追红逐绿，孕子甘棠。乘凯风暖，高风晚，惠风忙。

怀 古

不负桑田埋旧名

登娄山关

今上娄山情独真，雄关遥望泪沾巾。

当年捷报凭谁写，草鞋两行天地巡。

四渡赤水

赤水风云巨浪掀，谁人挥手定棋盘。

娄山脚下传奇写，几叶飞舟渡险滩。

登长城关

瀚海金沙登古楼，几朝烽火说盐州。

残垣化作苍龙骨，不见当年王与侯。

盐池九曲龙门夜景

小城灯火布边防，风摆龙门迷阵藏。

谁点沙场横马立，繁星记取旧时光。

巡六盘山长征路

南山秀木云端泻，西岭清流石上行。

但见苍龙腾雨雾，凭谁说与后人听。

参观宁德霍童桃花溪革命旧址

竹林峡谷隐红旌，隔水桃花谁用兵。

百丈岩[①]高风骨立，青山依旧垒长营。

---

① 百丈岩：在福建宁德市蕉城区虎贝镇境内，因岩壁高达百
　余丈而得名。

参观龙华烈士陵园

龙华烟雨哭哀声，青石高垒埋旧名。

何忍阎宫民庶索，悬颅百载怒请缨。

参观六盘山红军长征纪念馆

白云深处旌旗举，谁叩长风追誓言。

一卷丹书穿岁月，后人题笔莫轻论。

端午祭屈原

五月门前米粽香，汨罗风雨尽离觞。

再无夫子清流跃，唯筑千年名利场。

苏堤漫步

步履长堤思古人，行吟兴处久逡巡。

千年柳岸风骚客，索尽清词入酒频。

马牙雪山

碧海长云出雪城，雷台^①天马御空行。

高山深处莲池浴，多少传奇后世惊。

秋登黄河楼

登楼一览沧浪水，濯尽苍山几度名。

但借西风留步履，五千青史写边城。

---

① 雷台：在今甘肃武威市境内，因出土中国旅游标志——马
　踏飞燕而闻名于世。

银川中山公园

残垣几道忆边城，古木森森布甲兵。

枝上春风吹又去，阳关叠里换歌声。

雨中观岩画

岁月无声谁画图，青山一寸万年书。

云开谜底三千卷，石载生灵天地初。

将军楼①怀古

残垣碧草忆斯人，朱卷功名已作尘。

马踏桃园今不见，一蓑烟雨百年身。

咏镇江市西津渡码头

古渡西津过客频，流云回首塔楼深。

悠悠不尽长江水，一眼千年黄土分。

---

① 将军楼：在今宁夏银川市西夏区境内，是清末满营将军
　常连的住所。

芦花咏怀

塞外花开别样鲜，贺兰山下亦当关。

朔风磨砺三千载，十万雄兵挥马鞭。

贺兰山拜寺口双塔怀古

飞来神塔镇凡间，笑看沧桑坐九天。

阅尽红尘多少事，凌霄碧瓦抱云眠。

贺兰山岩画

飞禽走兽刻崖间，日月诸神谈笑前。

一册天书青史载，几多沧海变桑田。

叹贺兰山公主坟

笔架峰前草木哀，贺兰涕泪送亲台。

一身柔骨家山系，岁岁花红不忍摘。

布龙湖传说

谁令银河落草原，瑶台七女沐温泉。

今朝莫问仙家事，峡谷石人笑坐禅。

游苏州唐寅园感怀

唐寅园里觅秋香，画扇开合笔墨凉。

耳畔行吟声渐远，桃花流水两彷徨。

山海关

长城东起第一关，翘首蛟龙镇海边。
闻得炎黄多故事，隆隆炮火护苍山。

盐池革命老区

驱车登朔漠，野蔓起苍凉。
幽壑千层绝，高天万里长。
重寻烽火路，何晓汉家墙。
淘得盐州玉，冰心咏故乡。

登盐池兴武营古长城

朔风邀远客，紫塞起高楼。

几度烽烟寂，三千铁马愁。

登城谁霸主，临壑我心收。

百里盘龙走，长歌足迹留。

过六盘山红军泉

深山藏渌水，淡泊度华年。

石煮千层浪，松埋十缕弦。

几回征梦起，疑是故人还。

魂驻六盘顶，初心照普天。

朔方新咏

汉家传朔方，步履写沧桑。

紫塞①风声远，兰山血脉长。

开门迎贾客，举学饮甘棠。

小巷民生事，满城烟火香。

宁德霍童古镇

才饮桃花水，神游福洞天。

枇杷当户食，狮线上台牵，

叩石追足迹，登堂访故贤。

关关乡鸟语，倦客忘经年。

---

① 紫塞：指长城，北方边塞。

观绍兴大通学堂有寄

久慕山阴^①地，壮哉辛亥魂。

悬颅兴国事，拔剑废清尊。

侠义江湖举，经天吴越论。

书生横马立，铁血赤心存。

雨中登六盘山

驱车山路下，细雨醉缠绵。

汩汩清溪泻，油油碧草鲜。

近瞻崖上字，遥寄梦中笺。

也学君模样，邀来诗满天。

---

① 山阴：今浙江绍兴市的别名。

遵义土城古镇

小巷盘桓背影长，庭前慢数旧时光。

飞檐展翅云崖近，渡口穿梭市井忙。

宋土流风寻足印，清盐挥汗浸沧桑。

尘烟漫卷山城色，邀入心河笔欲狂。

守望者

——记盐池县陈静夫妇长城民俗博物馆

小院悠悠故事藏，秦砖汉瓦压行囊。

驱车采得千山月，留影拼成万里墙。

钱袋空空名自洗，心头屡屡梦新装。

残垣几道谁家守，一页盐州入画廊。

白帝城^①怀古

子阳城下白龙巡，赤壁硝烟遗旧臣。

竹叶竹林闻鼓瑟，巫山巫峡祭归神。

名垂奉节千秋义，浪逐天门万古人。

莫向当年江水哭，丹书一卷说纶巾。

重走六盘山长征路

雨过六盘春愈深，青松岭上渡银针。

一壶清瀑危崖走，万丈蛟龙野谷吟。

回望云梯天路断，追寻足印岁华浸。

风中谁发旌旗令，抱定青山赤子心。

---

① 白帝城：又叫子阳城，位于今重庆奉节县境内。

谒南越王墓

君王岭上梦千年，掩面尘封一日还。

剑指珠江南越地，玺传国祚四夷边。

斯人玉骨藏迷史，画鼓雕龙出海船。

莫许东风频唤客，朱檐石壁锁清眠。

过中卫南长滩村

十里春风有洞天，黄河迤逦绕群峦。

梨花院落尘心忘，峡谷人家世事安。

涛走流云擎日月，天开画卷种桃源。

沙坡深处留足印，点点沧桑忆贺兰。

大山的回响
——记宁夏彭阳县红河支部

秦汉残垣碧草生，萧关 [①] 古道马蹄声。
红河泪染烽烟色，黄土风吟稼穑情。
敢教苍天开笑眼，欲兴民业赖躬耕。
大山深处铮铮誓，不负桑田埋旧名。

参观盐池李塬畔革命遗址

塞外风高茇草苍，金沙瀚海厉兵藏。
李塬沟畔旌旗举，黄土窑中荞面香。
十载硝烟遮不住，三边星火照东方。
至今遥望南山路，再垒雄关万里长。

---

① 萧关：故址在今宁夏固原市东南。

叹李广之死

将军刎剑志难酬，千古文章叹不休。

射虎弓弦惊朔漠，戍边胆气逞风流。

君王堂上功名数，小吏帐前刀笔谋。

莫辱男儿三尺骨，只教青史少封侯。

水上公园咏怀

惯看繁华寻静地，西湖碧水绽新颜。

贺兰岩画沧桑驻，西夏王朝足迹迁。

柳送秋波摇落日，风穿石洞诉流年。

云霞卷起千层浪，一枕山河明月间。

古居延泽

居延两海遥相望，恍若明珠大漠留。

鸟掠晴空千岛影，驼背迷雾几荒丘。

遥遥天际征帆远，滚滚黄沙铁马愁。

耳畔悠悠出塞曲，风前野草诉春秋。

黑水城

神秘孤城塞外悬，黄沙掩面近千年。

拓跋铁戟旌旗烈，蒙古毡包北地寒。

独向秋风悲寂寞，怎堪贼寇毁容颜。

烽烟滚滚兴亡泪，弱水汤汤何日还。

居延海

远古明珠大漠藏，海天一色映沙光。

东来紫气留霞影，西去仙踪觅衮裳。

水上蒹葭吹不尽，云中鸥鹭话犹长。

秋风何事愁心引，误把居延作故乡。

凌烟阁 ①

朱阁凌云描画墙，功名一册话沧桑。

朝堂纳谏开言路，藩政分封乱国疆。

梦断秦关烽火照，灰飞宗庙汉家伤。

至今遥望长安路，千载青烟哭帝王。

---

① 凌烟阁：唐代绘有功臣图像的高阁，在长安城太极宫内。

须弥山石窟

塞外雄关何处寻，石门^①紫气接天衾。

北朝朔漠开丝路，西海神峰拨梵音。

古寺菩提千掌合，须弥隐者万年吟。

几番花落携风雨，便引重山岁月深。

登武威莲花山

远方尘客沐山风，轻叩佛门心气空。

几道溪云来去处，半条石径有无中。

河西足迹千秋颂，魏晋楼台一世躬。

谁扰圣贤幽梦醒，塔铃声里问飞鸿。

---

① 石门：唐王朝为了加强边疆防卫，在须弥山设立古石门关。

叹岳飞（二首）

一

塞北中原战火频，农家幸有舞枪人。

丹书赐字旌旗引，铁甲保疆边土巡。

大散关前天欲雪，风波亭下泪沾巾。

贺兰山缺空留恨，未破黄龙^①枉杀身。

二

千古硝烟从未息，王朝代有将才名。

岳家忠字征袍写，赵氏金牌利剑擎。

大散关前擂鼓疾，风波亭上破天惊。

一词怒压丹书卷，便引江河把泪横。

---

① 黄龙：指黄龙府，今吉林长春市农安县城内。公元1127
年，金兵俘虏北宋徽、钦二帝，将他们囚禁于此。

凉州[①]印象

河西杨柳东君遣，漠上驼铃邀客行。

马浴天池朝圣顶，莲开雪域觅蓬瀛。

三千足迹摩崖刻，一叶菩提济世平。

风叩玉门思往事，新题诗句报边城。

观雷台铜奔马有感

天驷御空龙雀追，西行陇上伴霞晖。

长云暗雪千峰峭，鸿雁层林万里归。

风祭雷台闻柳笛，车停汉墓叩铜扉。

玉门关外狼烟散，犹见边城铁马飞。

---

① 凉州：今甘肃武威市辖区。

咏七星古渠

白马拉缰迤逦行，七星指路泽苍生。
云悬古渡天河引，沙洗高原万壑鸣。
北地开流屯稼穑，青铜拦坝写峥嵘。
一川弱水千年过，好乘黄龙日月耕。

咏唐徕古渠

玉带揽腰穿凤城，西桥柳韵画中行。
青铜筑坝飞龙首，天堑开流犁万町。
舟引渔歌荷露醉，蛩闻阡陌稻香生。
水车载满千秋史，一页沧浪百世听。

观崔景岳烈士雕像

玉壁千磨终不语，英雄故事已心惊。

硝烟滚滚屠刀举，泪眼纷纷热血倾。

黄土一抔埋铁骨，桃园满目写忠名。

春风步履花蹊下，耳畔犹闻耕读声。

天净沙·金陵印象

红墙碧树烟花，廊桥回首人家，竹影晴窗黛瓦，秦淮河下，六朝才子芳华。

菩萨蛮·贺兰怀古

　　贺兰几度烽烟起，王陵沉寂斜阳里。党项角声寒，黄河浊浪翻。　　风云千载越，多少豪雄没。白日照山川，朔风吟塞边。

卜算子·西部影视城感怀

　　征雁入群峦，塞上无留意。断壁残垣未了情，多少兴亡事。　　戈壁马兰开，古堡群星汇。一代文豪唱大风，电影东方蜇。

望海潮·宁夏水利颂

　　贺兰东麓，银川天府，黄河北地巡行。鱼稻满仓，菱歌戏水，江南塞北齐名。沙岸起新城。紫塞流烟翠，黄陇躬耕。水载兴衰，千年一脉佑苍生。　　青铜筑坝豪情。引三千砥石，十万天兵。秦汉水车，明清木闸，蛟龙万里征程。塞上弄潮声。沧浪追心梦，七秩峥嵘。一卷山河胜迹，今日五洲铭。

咏物

放眼青山境自高

贺兰山云海

朔风云脚矮，紫塞石峰艰。

十万天兵在，经年镇北关。

咏柳絮

扮作飞花浪得春，风中软絮折腰身。

登天偏是无根草，着陆谁知又染尘。

志辉源石酒庄月亮窗

贺兰山月挂南窗，老柳东风沽酒香。

笑问广寒天上事，今朝对饮几壶觞。

春　柳

犹抱东风二月娇，盈盈隔水小蛮腰。

人前岂博轻一笑，放眼青山境自高。

沙打旺 ①

阴阴草木漫苍山，脚踩云梯头顶天。
名唤黄芪非一药，沙中碧海涨晴川。

春　雪

折得仙宫皓月华，玲珑心字结春纱。
新妆一树青丝白，开向东风解语花。

---

① 沙打旺：豆科黄芪，属多年生草本，用于改良荒沙和固沙。

蒲公英

碧野新妆数盏灯，春来点亮满山风。

一张小伞儿时梦，脚踩蓝天任纵横。

桃　花

十里桃林春梦早，一川烟雨有情痴。

东君最是姻缘佬，劫走香魂千万枝。

秋　雪

琼花簪上树梢头，嫁与霜风不染愁。
装点山河千万景，一身清白向人留。

观　雨

苍穹洒泪结银河，似恨人间愁怨多。
不畏寂寥高处望，悠悠天籁任消磨。

菊花吟

百花开后黄花绽，秋隐东篱琢玉盆。

不计身名飙市价，依然霜下抱香魂。

冬　至

北地霜风谁点兵，寒花一夜落湖城。

凌冬留白无多色，报与春光身后名。

南长滩梨花

老树新芽抱雪开，凌空鹤羽下瑶台。

清风最是逍遥客，一缕花光任尔裁。

秋　分

一年好景谁吩咐，风扫层林任雨行。

只待东篱寒蝶舞，萧萧落木领秋声。

蜀　葵

绿粽清香飘万家，窗前夏木点新花。

裁来巴蜀风儿笑，涂抹蛾眉几朵霞。

菊花吟

西风昨夜肆邪淫，漫剪黄花叶叶心。

更著秋霜新抖擞，铮铮傲骨入香魂。

江山石砚图

谁载江山万卷图，千磨一砚寸心孤。

凌云铁笔丹青引，留得清名石上书。

芦　花

十里霜风数落花，湖城水岸裹金纱。

一番冬韵谁吟唱，春送清波安我家。

咏贺兰砚（三首）

一

笔架凌空磨玺台，一方顽石匠心裁。

贺兰明月高天照，不尽沧桑万古来。

二

兰岳悠悠灵石开，蒙恬秦笔后人猜。

紫霞神火烧天界，降下祥云题字来。

三

蒙恬挥笔贺兰巅，碧紫蓝石刻砚田。

一寸丹心清骨抱，三千翰墨点江山。

布　棋

黑白纵横别有天，一张迷网学参禅。

平生不喜人驱使，名利场中苦斡旋。

残　荷

菡萏香销怜意生，根根枝叶向天争。

几番秋雨红妆改，不染污泥风骨清。

咏　柳

一帘新绿淡梳妆，风理青丝坐画堂。

不似娥眉脂粉弄，穿针引线织春忙。

白玉兰

一树琼花白玉裁，春妆木叶下瑶台。

香魂不尽绵绵语，朵朵冰心梦里开。

西部影视城之月亮门

十八坡上月宫门，花轿高粱祭酒神。

应解嫦娥千载恨，红尘锁尽有情人。

秋　叶

秋风翻作琵琶曲，一串黄花一页诗。

蝶舞心窗追夙梦，轮回几世有春知。

落　叶

一度托花不负春，金秋落地作柔衾。

虽然曾作飘零客，叶叶相牵故土心。

访　菊

闲情应属清秋夜，月上东篱酌酒狂。

索尽诗心方落笔，黄花入句有奇香。

咏　竹

常隐深山濯玉泉，流云叩梦化春烟。

风刀刻得清高节，写尽诗书拨韵弦。

寻　梅

漫天花讯报春回，一点丹心雪里开。

勿折疏枝轻柔骨，且留香气过墙来。

闻　琴

空山流翠日深深，秋水盘桓拨素音。
漫调胸中天籁曲，唯留清气涤尘心。

杭州"城市阳台"灯光秀

钱塘灯火戏窗前，天上人间未肯眠。
敢借瑶池明镜照，满城争看夜花燃。

风　筝

东君助我青云志，直上瑶台坐九霄。
一线终牵身后事，风光占尽莫招摇。

菊花吟

人间九月点秋妆，一夜西风裁菊黄。
捧出心花千万瓣，天生傲骨不凋伤。

咏　雪

沾衣柳絮弄芳尘，漫步天街撒满春。

别样情花开白首，缠绵不散梦中人。

参观百瑞源枸杞馆

谁借东风施妙手，满廊红果亮三春。

长生非是仙家草，杞子坊前拜寿人。

咏何首乌

曾慕仙山绝世尘，谁知南粤有奇珍。

龙须乌发长生草，苦竹红泥种药神。

咏酒庄

庭院深深石窖寒，青藤爬上紫香帘。

一山烟火调成酒，索句三千装满坛。

林中老树

林中碧伞度华年，遮得炎凉万里天。

几道年轮生厚土，深深根脉写书笺。

阅海观芦花

青山碧水笼寒纱，向晚芦丛鸟筑家。

遥想西风归去处，湖城冬日又飞花。

白玉兰

本是江南富贵花，今朝塞北绽芳华。

经风经雨归何处，抱得清魂进吾家。

咏骆驼

梦里东风绿，天涯客路悠。

黑河沉月影，大漠走驼舟。

逐草燕支①远，闻铃烟雨愁。

思归谁问暖，步履写春秋。

---

① 燕支，山名，泛指北地、边地。

贺兰石砚

贺兰神韵在天然，北地风刀琢玉弦。

碧眼招邀云里月，丹霞点染石中仙。

一池翰墨显工拙，两袖文章出圣贤。

坐镇江山千百载，史书留迹有新篇。

乘机观云

铁马银河看大千，凌霄气象数重天。

山中瑶蕊生寒树，海上琼楼赴碧川。

仗剑神兵游骑下，织衣玉女牧羊眠。

帝乡归处逍遥客，九万风鹏振翅前。

乡 愁

似问客心归不归

回乡遇雨未归有寄

时近中元暑气微，乡村阴雨已霏霏。
夜闻天籁撩人意，似问客心归不归。

隆德老巷子印象

青瓦红墙燕子低，盘山石径绕村西。
春阳驮起农家梦，陇上耕牛裁绿衣。

听蛩声有感

小巷喧嚣天籁寻，门前碧草自深深。

蛩声一路穿墙过，已有乡愁动我心。

归　途

铁马奔驰一路忙，穿云过海走山乡。

归心恰似离弦箭，早把天街折短量。

海棠西村人家

海棠当户女当家，小院农圃碧柳遮。

翘首葫芦邀客入，西村酒醉几人夸。

过贺兰唐徕公园

乡村风景入眸新，石径蜿蜒步履频。

觅得当年游戏处，唐徕渠下老槐亲。

移民安置区楼下见村民种菜有感

小区藏有大民生，庭圃绿韭窗外耕。

纵有桃源浑不觉，一方寸土寄乡情。

逛地摊

十里街灯笼月华，小城烟火有人家。

声声叫卖乡音送，老巷悠悠拎个瓜。

乡　愁

鸿雁天边伴月魂，烟波深处钓归心。

秋风难把乡愁剪，日暮空林送鸟音。

高山上的母亲（题画诗）

大山深处数春秋，一片孤云作客留。

皓首躬耕天上月，心田半寸种乡愁。

逛乡村集市

闲逛乡村集市忙，茵茵绿韭满兜装。

半缘烟火半缘价，最喜油茶街口尝。

乡　味

明月天街携梦游，谁描圆饼话中秋。

炊烟缕缕慈亲点，掌上乡情甜味留。

家　乡

谁种桃园剪绿枝，汗香润土惹情思。

梨花院落听风雨，一缕乡愁入梦迟。

无　题

清明归梦未曾休，招手春风作客留。

新燕啄泥枝上暖，炊烟一缕动乡愁。

夏日麦收

麦浪穿梭催夏忙，银镰飞汗抢收仓。

清茶夜煮一弯月，石碾吱轧喜打场。

乡村农家

燕子衔春种雨花，乡村桃李扮农家。

满川烟火金秋染，喜看枝头树上娃。

雪中漫步

雪舞山川满树花，两行足迹向天涯。

此行许是故乡去，春草年年绿我家。

金秋围渔

塞上秋来遍地金，湖光潋滟泛鱼身。

乡村乐事丰收日，晒网围渔喜满盆。

空壳村

今日乡村青壮少，老人稚子留守团。

夫妻南北相思鸟，嗟叹天伦共享难。

山乡人家（题画诗）

山乡笼翠木，布谷话殷勤。

种豆桑园下，牵牛溪水滨。

草庐生暖意，石径卧闲云。

谁发春耕令，鸡鸣夜半闻。

闻陶笛《故乡的原风景》

清音天籁诉，流水岁华光。

莲叶行舟近，村烟闻草香。

扶犁耕陇月，碾谷轧囷仓。

今夜聆风雨，他年梦断肠。

寄儿驼绒被有怀

沙海驼铃足迹寻，随风一夜递乡音。

寒衣未寄儿归处，晓梦遥思泪满襟。

月剪西窗催鬓雪，情牵南国抱罗衾。

此生冷暖为谁问，缕缕愁丝结寸心。

镇北堡昊苑村民宿

塞外乡村风景异，红墙矮树隐山腰。

几家庭院游人动，一路酒香逐袖飘。

坐数天穹星出没，行吟花海韵相邀。

桃源种在民心里，不用陶公费笔描。

回乡晚归

夕阳满载一轮秋，十里芦花携旧游。

霜染层林分野阔，地铺稼穑枕香幽。

条条马路乡关近，串串村庄烟火稠。

步履新沾泥土厚，此中真味是吾求。

隆德老巷子

六盘山下觅乡愁，碧瓦青苔醉眼眸。

隐隐檐牙滴细雨，弯弯石径诉清幽。

客瞻屏壁民风记，草映残垣足迹留。

峡谷溪流何处引，桃源未锁度春秋。

过　年

乡村有味数新年，谁把真情画作圆。

翘首东风犹问候，思归灯火未成眠。

春愁半勺行囊挂，老酒三杯胆气悬。

常居天涯行远客，吾心暖处起炊烟。

老　屋

客近老屋思旧痕，归来涕泪满衣襟。

炊烟袅袅愁肠断，野草萋萋游子吟。

叶落苍台风不扫，秋摇红雨梦常温。

堂前槐树依然在，难见家中守望人。

回　家

那年步履几多长，游子归心慢慢量。

两鬓愁丝犹寂寞，一轮明月已沧桑。

旅途风景何须驻，种豆南山岂可忘。

梦里纸鸢依旧在，天涯何处起行囊。

回乡过年

炊烟几缕绕山村，黄叶纷飞游子心。

犬吠庭中邀远客，鹊飞枝上闹新春。

红桃爆竹乡情厚，老酒菜肴年味醇。

追忆儿时多少事，沧桑化泪笑容真。

乡　愁

离家少小归乡客，一缕炊烟思故人。

梨雪吹开庭院路，金风揉碎稻香魂。

坐看流星追细雨，迎来学子踏清晨。

最是闲愁挥不去，童年往事梦翻新。

春节回乡有感

步履农家忆旧时，每闻人事忘新词。

晨鸡催醒三更梦，堂燕招来几缕思。

梦里客心惊落叶，门前柳树问归期。

年年岁岁春光换，唯有乡音认故知。

十六字令·圆

圆，一叶归心画满天，春秋载，摇梦向家山。

浣溪沙（二首）

一

梦里飞花又一春，堂前老树柳芽新，枝头喜鹊唤归人。　碧草无情遮旧路，故园寂寞忆双亲，天涯泪眼系乡魂。

二

梦里依稀到故乡，双亲小院筑篱墙，炊烟飘处话家常。　此夜西风何寂寞，那年往事更思量，几时再唤一声娘。

渔歌子·遵义花茂村

山里人家画里游，庭前云卧醉花畤。陶瓦罐，纸坊楼，弯弯石径锁乡愁。

定风波·忆乡

游子离家事事非，儿时记忆梦魂追。屋后沙丘风摆阵，曾问，林中青鸟向何飞。　　满院梨花无觅处，归路，春风碧草久相违。老井青苔空不见，谁念，炊烟缕缕梦萦回。

附　录
诗家点评

银川蓝

谁借东风力，天开碧海窗。

春潮生万象，雀鸟引新腔。

—————— 包德珍点评 ——————

五绝难以表达，言少却要有个立意，更不能写复杂了，这首诗突出银川的一个"蓝"字："谁借东风力，天开碧海窗"。东风象征好的策略，正因为如此"天开碧海窗"。这是环境净化了，一片清新貌。"春潮生万象，雀鸟引新腔。"环境保护得好自然带来商机，商潮滚滚引来百鸟发新声，共同赞扬新的银川。本诗写得不空泛，不喊口号，句句有回味的余地。

白帝城怀古

子阳城下白龙巡，蜀国硝烟遗旧臣。
竹叶竹林闻鼓瑟，巫山巫峡祭归神。
名垂奉节三千义，浪逐天门万古人。
莫向当年江水哭，丹书一卷说纶巾。

────── 包德珍点评 ──────

　　白帝城地处瞿塘峡口长江北岸的白帝山上，原名子阳城，为西汉末年割据蜀地的公孙述所建，公孙述自号白帝，故名。"子阳城下白龙巡，蜀国硝烟遗旧臣。"原蜀国之地。"竹叶竹林闻鼓瑟，巫山巫峡祭归神。名垂奉节三千义，浪逐天门万古人。"颔联、颈联二联化典，上句为实写，下句乃虚写，"巫山"出自典故，"先秦时楚国宋玉的《高唐赋》：妾在巫山之阳，高丘之阻，且为朝云，暮为行雨，朝朝暮暮，阳台之下……"写的是个神女。"天门"，从古至今，中国就有着"天门开"的传说和记载，而北宋邵雍写的《梅花诗》中的第一句便是："荡荡天门万古开，几人归去几人来。"本诗第三联即从这里化用而来。因为写的是怀古，十分切意。尾联融个人情致，"莫向当年江水哭，丹书一卷说纶巾。"历史上重要事件的一切已载入史册，留与后人评说。这首诗文情纵逸，取典贴切，内涵丰富，意象新奇，境界宏阔，结构严谨。

—————— 包德珍简介 ——————

　　曾任中华诗词学会第二届理事，中华诗词论坛坛主，中华诗词学会研修班导师。荣获《诗词中国》最具影响力诗人奖、中华诗词论坛特别贡献奖等。

早　春

袅袅东风至，盈盈碧水开。

谁家春意早，新燕唤人来。

—————— 雷海基点评 ——————

　　本诗写得浑然一体，紧紧围绕一个"早"字展开。东风来，碧水开，表示春天来了。谁家最早进入春天呢？看新来的燕子就知道了。新燕就是春，新燕来是报春，也是唤人来。唤人家什么呢？读者可以尽情想象。诗灵动，又有余韵。灵动是指诗活泼不呆板，富于变化，人与物皆有性情。本诗以新燕的性情感动读者，是写诗的正道。

贺兰山东麓云山采砂区生态修复

贺兰山下春风路，桃李参差铺绿纱。

不敢高声仙果讨，恐惊天上主人家。

———— 雷海基点评 ————

本诗形象生动地描写了采砂区生态美的特色：绿和高。绿到道路铺春色，云山蒙绿纱；高到一声唤，能惊天上人。游人有上天入仙境之感。上联写绿，下联写高，层次分明又意脉连贯。第三句转折有力，由写绿转到言高，言高又不直写，用写人来表现，人声高入天。第三句的仙果，与第二句的桃李衔接，使整首诗紧凑有力。

江山石砚图

谁载江山万卷图，千磨一砚寸心孤。

凌云铁笔丹青引，留得清名石上书。

―――――― 雷海基点评 ――――――

　　上联写带图的石砚，图载江山，砚经千磨。下联写
图的制作。难得的是，诗的风格雄健，雄健之气表现在上
联用了四个极端数字：万、千、一、寸。两个最大数配上
两个最小数，气势自出。下联用的递进句，亦有语感上的
气势。

———— 雷海基简介 ————

　　解放军红叶诗社特邀编委和培训部辅导老师,《中华诗词》等诗词刊物、论坛特邀评论员,著有《诗词快速入门指导》《古今名家论诗词语录》《好诗创作谈——雷海基诗论文选》《雷海基作品选》。

布　棋

黑白纵横别有天，围城内外莫言贤。

平生不喜人驱使，名利场中苦斡旋。

—————— 郎晓梅点评 ——————

　　置黑白棋子于纵横交错的方寸之间，这围城内外不必说谁贤谁不贤。布棋者平生不喜欢被旁人所驱使，于是苦苦周旋于名利场中。《布棋》将人世喻为棋局，而将人分为两种，一种为被驱使的棋子，一种为驱使棋子的布棋者。人世的棋局中，棋子与布棋者非此即彼，欲不为棋子则必为布棋者，倘不为布棋者则必为棋子。《布棋》揭示了一个残酷无情的现实。

　　这是一首理趣诗。在中国文学传统上，理趣诗经过魏晋玄言诗、南北朝佛理诗，直至宋出现了以梅尧臣、欧阳修等为代表的一批理趣诗人而达到巅峰状态。今人理趣诗多承袭于宋。所谓"理"，《说文》释为"治玉"，引申为治理、料理，又引申为条理、纹理、道理以及事物的普遍规律。所谓"趣"，《说文》释为"疾"，引申为意味、情态或风致。《晋书·王献之传》说："献之骨力远不及父，而颇有媚趣。"高启《独庵集序》说："诗之要有曰格，曰意，曰趣而已。格以辨其体，意以达其情，趣以臻其妙也。"这里"趣"从诗歌审美范畴被提出，可以理解为诗美境界。以诗说理而得趣，理趣诗之旨也。"宋人诗有理趣者"，朱熹《观书有感》云："半亩方塘一鉴开，天光云影共徘徊。问渠那得清如许？为有源头活水来。"诗写方塘水清得以照见天光云影的原因在于有源头活水，由是探究学理甚或普遍之事理。曾被吴文溥《南野堂笔记》援引，并誉"头头是道，何等胸次"，可谓宋代理趣诗的代表作。综合宋人理趣诗，并以《观书有感》为例，或可概括理趣诗三要素，即象、理、趣。理趣诗，自当有"理"有"趣"，理至趣达，理趣相偕。而"象"为有形的具体物象或事象。理托于象，理借象而能被感知被诠释，象为理之形，理为象之意，象与理的关系，比似物与名的关系，两者互相依附。而象是具象的，趣是抽象的，象与趣的关系在于，趣所代言的诗歌境界须托形象表达，得趣与否是诗之优劣的标准，而形象与否是得趣与否的必要条件。譬如《观书有感》以如鉴方塘为象说活水之理，引人将读书以及其他诸多事物事理放于其所建构的诗域范畴内，复又延伸辐射出去，展开联想，与其一起探究思索，实现其作为诗的审美功能，即所谓得趣。其中象、理、趣三者，缺一则难达其境。而《布棋》则以"棋"为物象，以"布棋"为事象，说互为驱使的人世道理，引起读者关注于人人之间的使役关系，追索人苦苦奋斗、攘攘纷争的根源。这首诗与《观书有感》有所不同的是，这首诗所探讨的话题并不是作者的新发现，这个问题是自有人类历史就存在。不同于《观书有感》正文的客观"无我之境"的态度，《布棋》的写作主体其实是"我"，倘将第三句主语补上则无疑是"我"，这使作品带上主观色彩，于是其"苦"便也切近起来，令读者也似乎感同身受了。其理趣三要素俱全，不可谓不佳。

然而，倘若《观书有感》不以如鉴方塘为象，但说其形上之道理，则为空谈，则其联想空间将遭遇限制和抽缩。倘若《布棋》不借"棋"说事，但说我不想被驱使而挣扎于名利场，则不过俗人寻常牢骚，或恐诗趣索然，诗味寡淡，面目可憎了。旧体诗，缺象终究不大好看，而今人常不觉得。

——————　郎晓梅简介　——————

中华诗词学会评论委员会副主任，中华诗词学会教育培训中心高级研修班导师，著有《茗风旧体诗稿》。

回乡晚归

夕阳满载一轮秋，十里芦花携旧游。

霜染层林分野阔，地铺稼穑枕香幽。

条条马路乡关近，串串村庄烟火稠。

步履新沾泥土厚，此中真味是吾求。

────── 姜秀颖点评 ──────

这是一首饱含乡情的七律，画境幽美，层次分明，情感蕴藉。诗作以"回乡晚归"为题，不仅交代了时间"晚"，还交代了事件"回乡"，一定是诗人在写回乡的所见所感。首联"夕阳满载一轮秋，十里芦花携旧游"，交代季节、时间与事件，画面开阔而又鲜明：圆圆的一轮斜阳，红红地西坠而下，蓄满浓浓的秋意，给人一抹秋凉；十里池塘，浩浩无垠，芦花似雪。诗人就出现在这样的背景中。

"携旧游"，可能是与旧日好友同游，也可能是带着怀旧的思绪独游，谁知道呢？但却能统领全诗，写此游的所见所感，暗扣诗题。颔联"霜染层林分野阔，地铺稼穑枕香幽"，景色描写高低错落，井然有序，很有层次感。先写高大树木"霜染层林"，仅仅四个字，不但写出树木经霜后树叶色彩斑斓的特点，还写出树木高高低低的错落；一个"染"，赋予人的审美，仿佛故意涂抹的一样，突出色彩的绚烂绮丽；一个"分"，突出层林的作用，把广阔的原野一分为二。"地铺稼穑"，满地庄稼之意；一个"铺"，突出地域平坦辽阔的特点；一个"枕"，赋予庄稼人的特性，让静态画面有了情趣与生机；"香幽"，香气清淡，本来是用嗅觉来感受的事物，你看不见，摸不到，很抽象，但诗人在前面配了一个"枕"，不但将庄稼人格化，而且让"香幽"具象化，有了质感。妙哉！前两联侧重眼中所见，目之所及，皆客观之景，却能抓住家乡景物的季节特点去写，故画面感强，形象生动，且很注重炼字。后两联，则由客观之象的描写，转入主观情感的抒发。诗人将视线由前文的层林、稼穑转到通往乡间的马路上，她说："条条马路乡关近，串串村庄烟火稠。""条条马路"，极言路途之多、交通之便；"乡关近"，表面是叙说归乡的路越走越近了，实质在写内心的不平静，非常真切感人，让我想起唐宋之问《渡汉江》中"近乡情更切，不敢问来人"。"烟火稠"，既是一种炊烟袅袅的景象，又是心中不断升腾的情丝。此联已由远及近，即将入乡时的所见所感。尾联"步履新沾泥土厚，此中真味是吾求"，最有意味。你看，诗人走在乡间路上，脚下粘满了泥土，唤回读者多少旧时的回忆，而这种无声的共鸣，正是诗中的真味，正是诗人所求。诗情浓郁而蕴藉，耐人寻味。

—————— 姜秀颖简介 ——————

吉林省公主岭市诗词学会副会长。诗词评论及作品散见于《西部作家》《长白山诗词》等刊物，以及《中华诗词论坛》《西夏诗评》等网站平台。

宁德霍童古镇

才饮桃花水，神游福洞天。
枇杷当户食，狮线戏台牵，
叩石思高士，登堂拜古贤。
关关乡鸟语，倦客忘经年。

────── 邹慧萍点评 ──────

　　律诗贵偶对工稳，贵四联间起承转合关系明晰。余秀玲女士五律《宁德霍童古镇》可谓佳作。先说脉络，首联以游踪为起，"才饮"、"又游"游踪清晰，脉络清楚，平稳而留有余地。颔联写所食所见，顺承首联，皆为客观所见所食所游。颈联按照惯例转为所思所想，"叩石思高士，登堂拜古贤"看似行为，实则为内心情绪。"思""拜"所见也。尾联顺利推向主旨"关关乡鸟语，倦客忘经年"原来作者目的在于抒发出游之身心愉悦，虽"倦客"而忘忧、忘年、忘累、忘乎所以，忘己之所之也。再说偶对，"枇杷当户食，狮线戏台牵"，"枇杷"对"狮线"，名词对名词，"当户""戏台"稍有欠缺，但大意还是过得去，"食"对"牵"，动词对，亦工整。"叩石思高士，登堂拜古贤。"两句对仗更为工稳，而且极其严格，"叩石"和"登堂"都是动宾结构的动词短语，属工对。"思""拜"动词相对，更为恰切，"高士"对"古贤"也是词性和结构都相同，且词义相关。最喜欢的是"倦客忘经年"，尤其是"倦客"又恰切又晓白，也不失雅致。配以"经年"这样古意盎然的词和义，给人古典的美韵，写古典诗词，古典美是不可或缺的要素。

───────── 邹慧萍简介 ─────────

　　中国评论家协会会员、宁夏作家协会会员，著有散文作品集《行走的阳光》，古体诗词集《轻抚丝弦唱素秋》。

巡河有寄

遥指清波何事迷，春风十里踏新泥。
常寻烟火文章外，愿向乡间学把犁。

———————— 于卫东点评 ————————

好诗让人眼前一亮，心头一热。余秀玲女士的七绝，就让读者有此感觉。题目表明了诗人作为河长，自有经常巡河的职责。而诗人却将巡河作为深入农村，深入群众的切入点。首句就开门见山，"遥指清波"就是巡河，恪尽职守，第二句描写很具有诗情画意，东风浩荡，在塞上漾起了春潮，脚上带着芬芳的新泥，充满了春天愉悦的心情。当然，这个"踏新泥"也映衬了巡河的尽职尽责。第三句的转，由巡河转向了更深的层面，巡河是为了防止水系的污染，让水更清、天更蓝；作为领导干部需要经常深入基层，到群众中去，了解情况，做到"一枝一叶总关情"；作为诗人，更要贴近"文章外"的生活。结句"学把犁"是全诗的诗眼所在，能够俯下身子，虚心向百姓学习，这是根植于人民最朴素的感情。

──────── 于卫东简介 ────────

宁夏毛泽东诗词研究会副会长，作品散见于《中华诗词》《中华散曲》等文学刊物与报刊媒体，著有《东山沛水诗词集》。

观　雨

苍穹洒泪结银河，似恨人间哀怨多。

不畏寂寥高处望，悠悠天地任消磨。

————————　柳钧点评　————————

雨的意象历来为诗之着墨者多，而以离愁别绪者众。此绝一反常态，以天为主体，以人为客体，别开生面，意境奇崛。起句，以目喻天，以泪喻雨，放大雨境空间，以至于银河为雨泪所结。"结"，炼字考究，过程形成结果，结果涵盖过程，结果而又多于过程，较"积""汇""聚"诸字更具既成性。承句，拓宽雨的意象，以无形之联想，演绎有形之意象，深解起句之"泪"。此处以"哀怨"承接"泪"，不至于使之流于空泛。转句，"望"印证起句以目喻天之推断。按题目，虽为观雨之景，实为"雨观"之境。

"寂寥"主体非人，天也。合句，妙手偶得、自然天成之句。将飘于天地之雨拟为消磨情致，浪漫至极。大凡上乘之句皆出于适意之时、无心之处。

──────── 柳钧简介 ────────

中华诗词学会会员，中国楹联学会会员、中国硬笔书法协会会员，作品散见于《中国硬笔书法报》《中华诗词》等刊物。

后　记

　　我把诗词爱好干成工作是一件非常幸运的事。2017年，利用政协委员的身份，我提出在西夏区创建"中华诗词之乡"的一条提案，得到了区委和政府主要领导的首肯。此后，我一边开展诗词传承工作，一边进行创作，并渐渐形成了个人创作风格。

　　本诗集选录2018年以来本人所创作的诗词作品近300首，按照主题内容分为景物、言志、怀古、咏物、乡愁5个篇目，每个篇目按照绝句、律诗、词曲进行分类编排。同时，还选录了包德珍、雷海基、郎晓梅、邹慧萍、姜秀颖、于卫东、柳钧等区内外诗人的作品点评，作为附录放在正文后面。作品涉及经济、社会、自然、文史等领域，视角广泛，不拘泥于古体诗固有的意象，在语言表达上力求文风质朴，在立意方面突出诗词的艺术美，在结构上讲究章法，内容融入现实生活，饱含着一个现代人关注社会、关注时代的家国情怀。

"吟安一个字，捻断数茎须。"本诗词集利用两年多时间进行反复打磨，即将付梓之时，内心颇为激动。在创作中我深深地体会到，诗和远方的路上有艰辛也有甘甜，有寂寞也有掌声，有舍弃也有获取，坚守一份初心始终是诗人的出发点。

感恩一路走来有诗词相伴，感谢恩师马春宝老师给予的帮助，感谢张嵩、闫立岭、左宏阁、丁玉芳等老师在创作中给予的鼓励和指导。同时，也感谢和我一直坚守在诗和远方之路上的各位诗友。

2023年金秋于阅海